맨홀 속에 나는 산다

한국정형시 017

맨홀 속에 나는 산다
ⓒ 김종빈, 2022

1판 1쇄 인쇄 | 2022년 10월 12일
1판 1쇄 발행 | 2022년 10월 19일

지 은 이 | 김종빈
펴 낸 이 | 이영희
펴 낸 곳 | 이미지북
출판등록 | 제324-2016-000030호(1999. 4. 10)
주   소 | 서울특별시 강동구 양재대로122가길 6, 202호
대표전화 | 02-483-7025, 팩시밀리 : 02-483-3213
e-mail | ibook99@naver.com

ISBN 978-89-89224-56-3 03810

김종빈 시조집

맨홀 속에 나는 산다

이미지북

어느덧
또 한 칸 방을 들인다.

시간이 가는지
언제 계절이 바뀌는지
모르고 산 것 같다.

이제부터는
방문을
활짝 열어젖히고
살아야겠다.

2022년 김종빈

제2부 | 당당히 고개를 들어

제 1 부

바람에 무늬를 놓고

가 루 가   되   어
1   도   없   다
헹   수   님
소   밥   풀
히   말   라   야   늬
바   람   무   저
흙   수   歸
회   귀   回   歸
세   레   나   데
그   래   도 ,   파   나
하   나
강   아   지   풀
            짝
신   항   의   눈   물
왕   대   밭
안 면 도   모 감 주 나   무
환   삼   덩   굴

가루가 되어

깨지고 부서질수록 맛이 난다는 밀알같이
나도 껍질을 벗고 하얗게 부서지고 싶다
목메어 눈물에 젖을 한 조각 빵이고 싶다

흙의 기운을 품고 가루가 되는 감내까지
짐작조차 할 수 없는 순백의 살신이여
화덕의 불꽃 속으로 몸 던진 너이고 싶다

1도 없다

드라마를 보다가 눈물 콧물 훌쩍거리는

그 나이쯤 돼 봐야 이해가 된다고 했나

관심이 1도 없었던 드라마를 보고 있다

하루 종일 돌려보는 스포츠나 뉴스 채널

재탕 삼탕 줄줄이 꿰 더 이상 볼 것 없어

급기야 블링블링한 볼링 컬링도 터득했다

그러다 리모컨을 빼앗긴 모년 모일 모시

그냥 연속극이나 보시죠? 라는 아내 말씀

맹세코 1도 없다던 나, 눈 속의 눈을 뜬다

헹수님

화향 백 리
　　주향 천 리
　　　　사람 향기는 만 리

지극히 당연한 말을 곱씹어 되새겨본다

국화주 담가놨응께 놀러 오라는 헹수님

소 밥 풀

개자리만도 못한 땅에 이맘때면 흐드러져
장맛비에 떨고 있을 계란꽃을 보러 간다
무명천 젖은 속곳을 온밭 가득 널어놓았을

멀리서도 환했는데 올해는 왠지 심상찮다
묵정밭을 내준 건지 어디로 쫓겨난 건지
점령군 호밀풀 군단 이탈리안 라이그라스

북미에서 이주당해 악착같이 일궈낸 평화
굳건한 동맹국이라며 자칭 타칭 몰려온
소 밥 풀 유럽연합의 무자비한 인해전술

* 이탈리안 라이그라스 : 지중해 원산으로 사료용 식물로 재배되면
서 전국적으로 식물 생태계가 교란되고 있다.
* 개망초 : 북미 원산으로 일제강점기 때 구황작물로 들여왔다. 계란
꽃으로도 불린다.

히말라야

숲인지 늪인지 분간조차 할 수 없는
북새통 세상살이 너덜지대 지나서야
내딛는 걸음걸음이 소중한지를 안다

빙벽에 길을 내며 정상에도 올라 보라
높으면 높을수록 겨울도 따라 깊어
한 모금 들숨 날숨이 얼마나 간절한지

바람 무늬

뽑히는 것보다 더 많은 싹을 틔워야만

종속을 지켜낼 수 있다는 본능의 발아

비탈과 구릉이라도 마다할 이유 없어

한 줌 흙만 있다면 악착같이 부여잡고

뽑히고 밟힐수록 뿌리 깊게 내리는 풀

바람에 무늬를 놓고 세상에 날리는 홀씨

흙수저

아 저 뭣이냐!
거시기 말고 머시기 말여

니 맴은
열두 번도 더
넘어졌을 것인디

거슥도 머시기 허잔?
짠 허고 해는 뜨는디

회귀回歸

시끌시끌한 것이 해빙기가 오는가 보다
한 무리 청둥오리 떼 섬으로 출렁이며
서로들 몸을 기댄 채 바람을 읽고 있다

허공을 빗질해대는 갈대밭을 배경으로
날개를 쫙 펴고 숨을 고르는가 싶더니
꾸루룩 울음을 절며 하늘길도 가늠한다

한 번쯤 넘어도 좋을 회귀선 앞에 두고
실핏줄이 기억하는 첫울음 첫발의 땅
본능의 나침반으로 길은 이미 잡혀 있다

세레나데

글감 하나 잡으려고 십 리는 족히 걸었다
떠오를 듯 눈앞에서 아른거리는 낱말들
첫 구절 디딤발마다 사색만 흘리고 왔다

편두통에 시달리며 머리를 쥐어짠 끝에
억지로 꿰어맞춘 뜻도 없는 잡글 한 줄
내 몸을 빠져나가는 오늘 죽인 뇌세포여!

그래도, 파

푸성귀 깡마른 잎이 바스락거리고 있는

개점휴업 중인 두어 평 텃밭에 가보라

재쳐둔 무녀리 쪽파 겨울을 견디고 있다

풍채 좋은 통배추와 종아리 튼튼하던 무

김장철 날을 받아 1번으로 뽑혀 나가고

빈 밭을 홀로 지키는 새하얀 뿌리가 있다

하나

달빛
한 숟가락
별빛
한 젓가락

봄 햇살
한 종지
삿갓구름
한 조각

눈물도
한 찔끔 넣고
한 양푼
비벼볼까?

강아지풀

폭우와 뙤약볕 건너 봄 여름이 지나자
낱낱의 장난끼가 덥수룩하게 길어있다
목대가 휘어지도록 머리도 무거워지고

아니다 아니다 바람에 맞서 도리질 치며
묵언의 화두 하나 던져놓고 답을 묻는
할 말을 안으로 감춘 속내를 어찌 알까

가을이 깊어갈수록 머리 더욱 숙여지고
헛소리 억지소리 살랑살랑 받아넘기며
길가에 목을 늘이고 세상을 간지럽힌다

짝

몇십 년을 나란히 구른 낡은 수레바퀴
하세월 얹혔던 무게 인고의 증거일까
금 가고 틀어졌어도 함께 구르고 있다

곤히 잠든 얼굴에 잔주름이 자글하다
모난 시간들은 덤으로 얹은 셈 쳐도
베갯잇 한쪽 자락이 짠하게 젖어 든다

신항의 눈물

코로나와 늦장마에 발이 묶여 집콕인데
목포 신항 세월호가 자꾸 눈에 밟히네
마지막 뱃고동 소리 쟁쟁했을 그 날이여

뭍에서의 나날은 녹슬고 삭아내리는 일
오늘따라 남서풍엔 서러움이 배어 있네
웅크린 그 무게만큼 맹골수로 물속같이

몇 겁이 지난다 해도 잊힐 리 없겠지만
질곡의 하루하루 몸서리치며 통곡하네
무너진 삼백여 개의 엄마 아빠 하늘이여!

왕대밭

대밭에 바람이 불면 잠든 이야기가 깨고
댓잎 뒤 숨죽이던 고요까지 일어나서
제 귀를 씻어내느라 소란해지는 것이다

대밭에 비가 내리면 대통은 한숨을 털고
그 안에 갇혀 있던 울음까지 터져 나와
제 마디 결대로 굵어 꼿꼿해지는 것이다

대밭에 달이 오르면 어둠에 밀린 결기와
일상의 한숨과 설움 가슴으로 끌어안고
제 속을 비워낸 만큼 창창해지는 것이다

안면도 모감주나무

1. 표류기
파도에 휩쓸리면 이렇게들 죽는구나
조류에 몸을 맡긴 채 시작된 표류기
짠물에 녹아내리는 아! 나의 생식기

목숨만 겨우 붙어 얼마를 떠돌았나
절망도 깊어지면 무념이 된다는 것
그조차 내려놓아야 보이는 영역이다

2. 상륙기
파도가 내동댕이친 이곳은 어디일까
닿을 듯 말 듯 본능으로 느껴지는 땅
매서운 모래바람에 몸을 맡겨 굴렸다

자갈밭이면 어떠랴 감사할 따름이지
뿌리를 내려야만 살아날 수 있다고
마지막 기력을 모아 움켜쥔 안면도

3. 정착기
한 생은 호락호락 목숨을 놓지 않았고

바닷바람 견뎌내며 뿌리 깊이 내렸다
밤마다 달빛을 먹고 새겨넣은 나이테

그렇게 한 해 두 해 군락을 이루더니
승언 방포해변 터줏대감 천연기념물
가을이 익어갈수록 뱉어내는 염주알

환삼덩굴

겨우내 몸으로 덮어 반 평쯤 품어내고

바람 끝 아직 찬데 꽁꽁 싸맸던 가슴을

가만히 열어놓은 것은 분명 이유 있겠다

기꺼이 생을 접고 흙으로 돌아가기 전

우리네 엄마들처럼 모든 걸 주고 싶어

깡마른 젖꼭지라도 물리고 싶은 것이다

당당히 고개를 들어

풀에 관하여

뽑아놓고 돌아서면 고개를 쳐들고 있는
쇠비름과 뗏장 풀에 점령당한 뙈기밭
계절도 질기디 질긴 근성 앞에 익는다

북을 돋아 심어놓은 서리태와 쥐눈이콩
언제 끝날지 모를 밀고 당기는 기싸움
꼬투리 불거질수록 여름 더욱 치열하다

곤욕 같은 일상 속 뽑고 뽑힌다는 것
무엇이 알맹이고 어느 것이 쭉정인지
가을이 깊어져야만 비로소 알 수 있다

춘포 순례길

정월이 저물어가는 만경강 둑방에 섰다
자전거 서너 대가 두런대며 지나간다
체념과 실망이 섞인 바퀴들이 굴러간다

노을 붉는 저녁나절 우리도 저물었다며
매일 박 터지는 막장정치 핸들을 잡고
끌 끌 끌 서로 혀를 차며 페달을 밟는다

탑을 쌓다

씨줄 날줄 먹을 놓아 결대로 깨낸 바위

모나고 거친 돌이 정을 맞고 맞을수록

조금씩 면이 생기고 선과 각이 살더니

흙을 돋고 메질을 해 수없이 다진 땅에

천년을 버텨내야 할 지대석으로 앉았다

울 할배 가부좌 틀고 터를 잡은 것이다

집안의 바람대로 읊조리던 사서삼경은

층층 몸돌이 되고 지붕석으로 얹었다

삼대가 받치고 있는 탑 언저리 환하다

백의를 입다

창문밖에 눈치 없이 팍팍 터지는 매화꽃

입마개로 얼굴 가린 아린 봄을 몰고 와

겨우내 참았던 울음 터트린 것도 죄일까

오후 볕 호젓하게 졸고 있는 가지마다

마파람에 얹혀 보낸 소식까지 붙어 핀다

올봄도 백의를 입은 동서남북이 부시다

2020년 봄학기

운동장을 독차지한 마파람이 수상하다
지린 듯 지나는 비 뒤를 밟고 따라 와
겨우내 녹슬고 멈춘 빈 그네를 타고 있다

콧등 아직 시린 아침 선잠 깬 아이들이
온종일 재잘거리던 교실마다 조용한데
철쭉은 생채기처럼 화단 가득 붉디붉다

오늘도 난생처음 인터넷 수업을 듣다
점멸등 깜빡이며 손사래 치는 횡단보도
일부러 건너가 본다
돌아오는 길
멀다

동강할미꽃

자줏빛 할미꽃이 터를 잡은 동강 기슭
푸념인지 설움인지 아우라지 할매가
온종일 가락을 타며 흥얼거리는 아라리

근심 한 평 늘 때마다 가슴 속에 삭이고
비 오는 날이라야 맘 놓고 울었다는데
말 못할 응어리들은 그리 풀어 보냈단다

잔털 보송한 꽃대에 멍빛 꽃을 올리는
강기슭 동강할미꽃과 한 생을 기대온
아낙의 투박한 가락, 아! 정선 아리랑

환丸을 꿈꾸다

물길을 막아서면 다른 물길이 생긴다는
그 단순한 진리를 오늘 새로 깨닫는다
지상에 반흘림체로 물길이 트이고 있다

저 물길 따라가면 가 닿을 수 있을까
바다로 가기 위한 긴 여정의 절정 뒤
스스로 구름이 되어 품고 있던 그 이슬

어떤 사록

한 폭의 산수화로 완산칠봉 걸어두고

전주천 물소리에 귀 닦기를 누천년

모악산 휘감아 도는 물안개는 덤이다

비사벌과 완산주라 불리던 고을 전주

견훤의 후백제도 만장으로 지나가고

힘차게 시작했지만 휘청이는 오백 년

보국안민 척왜척화 녹두꽃이 떨어지자

길 잃은 파랑새 피 토하며 목을 놨다

온고을 호남제일문 북으로 가는 첫발

미륵, 잠을 털다

잠들 줄 몰랐겠다, 그 오랜 시간 동안
차갑고 비좁은 돌방 어둠에 갇혀서도
쟁쟁한 풍탁 소리에 귀 틔우며 버텼겠다

일천 육백 스물 일곱 쌓아 올린 뼈마디가
해 뜨고 달이 뜨는 셈을 세다 놓치던 날
기우뚱 한쪽 어깨를 놔버린 것도 봤겠다

꿈처럼 견뎌온 기억 또렷이 쏟아내는
저 작은 몸뚱아리 침묵의 사리장엄구
수줍게 어깨를 떠는 환한 미소를 본다

풀

잠깐 그친 비 사이로
하늘빛이 깊습니다

모로 누웠던 풀들이
하나둘 일어납니다

환장할 생명력 앞에
한없이 초라합니다

고요가 끓더니

이십년지기 둘러앉은 미장원 옆 호프집

그렁그렁 부딪히는 술잔 속에 별이 뜨데

이 빠진 징검다리에 기억 두엇 맞춰보며

사노라니 못 할 일도 해낼 수 있었노라

눈빛 서로 주고받으며 깊어가는 가을밤

한소끔 뜸 들인 취기가 더듬어 건너가데

그때 뜬 물제비는 어느 물가에 닿았을까

인생이 별것 있더냐 가고 오는 것이라는

유행가 절절한 가사가 목 넘어 저며오데

한 끼의 미학

늘 혼자였다는 것을 새삼 느끼는 저녁
혼밥과 혼술 따윈 일상으로 여겼지만
이렇듯 저녁 한 끼에 집착하긴 처음이다

냉장고를 털어 넣고 찬밥이나 볶아볼까
눈칫밥 잔소릿밥 그딴 것들이 그리워
추억을 엇썰어 넣고 만드는 김치볶음밥

묵묵한 백신

태극기와 성조기가
나부끼는 저곳 좀 봐
'뭉치면 살고 흩어지면 죽는다'를 실천하려
모여든 광화문 광장
넘쳐나는 애국주의자

옛날에도 돌림병엔 통행금지 시켰다는데
헌법이 보장하는 집회의 자유? 오! 자유
단방에
치료할 수 있는
명약을 찾습니다

참깨밭

닭똥만 한 빗방울이 두드려대는 참깨밭

층층의 달디 단 꽃이 파르르 떨고 있다

그리운 그 젖 냄새가 줄줄줄 흐르고 있다

맨홀 속에 나는 산다

얼마나 쫓겨다니다 저곳에 숨어 살까
그래도 옹기종기 낯빛 좋은 풀포기들
지상의 발길을 피해 맨홀 속에서 산다

밟히고 뽑히면서도 버텨낸 흰 뿌리들이
빗물에 쓸려 들어 터를 잡은 비좁은 땅
이처럼 밟히지 않고 살아온 날 있었나

궁금한 세상 소식 바람결에나 물어볼까
까치발 발돋움하고 빼꼼히 내민 얼굴
당당히 고개를 들어 우주를 읽고 있다

면을 닦다

군대 얘기만 나오면 열을 올리는 남자들
설마 그런 일들을 겪었을까 싶다가도
내게도 있었을 법한 묘한 매력에 빠진다

무용담에 흠뻑 취해 잠자리까지 따라온
초병의 카랑카랑한 이명의 암구호 소리
어느새 과녁을 겨눈 백발백중의 김 병장

자리끼 한 모금에 설친 잠을 청해보지만
전우들과 부대끼던 잡힐 듯 팽팽한 날
양날의 무뎌진 면을 밤새 닦고 또 닦는다

씨름의 기술

텔레비전에 푹 빠져 민속씨름을 보는데

지난날과 살아갈 날이 녹아있는 것 같다

샅바를 움켜쥔 눈빛, 수 싸움이 치열하다

들배지기 버텨낸 뒤 호미걸이로 되치고

뒤로 빼면 빗장걸이 들어오면 덧걸이라

어깨를 파고 들어가 찰나의 뒤집기 한판

뿌려 치고 밀어 치고 오금도 당겨보는데

호미걸이가 빠지자 뒷무릎 치고 잡챘다

사는 게 별것 있더냐 맞배지기 한판이지

깨진 거울

하늘 한 뼘 보이지 않는 비알에 터를 잡고

곡괭이가 다 닳도록 일궈놓은 밭둑 가득

봄이면 구덩이마다 바작으로 피던 호박꽃

쌓여가는 자갈 더미에 스스로 발목을 묻고

한 뿌리 한 포기씩 자기 꿈에 접을 놓다

이순쯤 급하게 가신 아버지의 깨진 거울

묵정밭 둘러 품고 흔적만 남은 돌무지에

아버지의 손때 묻은 깨져버린 거울 조각

손톱 밑 아리게 박힌 그 자리가 눈부시다

물, 그 습성에 관하여

무슨 미련이 남아 망설이며 맴을 돌까
흐르다 막히면 기다렸다 넘으면 되지
맴돌이 조바심 좀 봐, 거품을 물고 있는

한 방울 이슬이 강이 되고 바다가 되듯
뉘인들 맑은 이슬 아닌 적 있었으랴
조약돌 떨리는 감촉 잊은 적 있었으랴

골짜기와 마을을 돌아 바다도 가까운데
서로 만난 두물머리 기싸움 하는 걸까
넌지시 몸을 섞고도 벽 아닌 벽이 있다

동백꽃이 피었습니다

만덕산이 품고 있는
보현사 동백나무 숲
임진년 빙빙 돌던 강강술래 애절함이
후두둑
발밑에 뱉는
각혈
몇
모금

소떡

소떡 소떡 찾길래 소쩍새인 줄 알았다
아무리 둘러봐도 새는 보이지 않고
꼬지에 번갈아 꽂힌
소시지와 가래떡

밥보다 빵과 피자에 익숙한 세대라지만
동서양이 함께 꿰어 기막힌 조화라니
이념도 저리 맞대면
소떡처럼 감칠맛 날까?

담쟁이넝쿨

시멘트 벽돌담쯤은 막아설 수 없었다

달빛 촘촘 엮어 타고
허방에 손을 흔들다

벽돌담
어깨를 짚고
훌쩍 키를 세웠다

천년송 바람 소리

와운마을 언덕빼기 한아씨와 할매 낭구

찡하고 짠한 맘 솔바람으로 울어내며

하세월 지켜본 천년 못 볼 꼴 많았겠다

목숨이나 부지하려 숨어든 것도 죄일까

아랫마을 무지랭이 빨치산이 뭐다냐며

파르르 거꾸러지던 핏빛, 외마디 비명

지아비 뼈를 묻고 쫓겨나듯 내려간 산

곱게 물든 뜬구름이 밀고 온 진양조로

노부부 양팔에 안겨 토해내는 진혼곡이다

*천년송 : 전북 남원시 산내면 지리산 와운마을에 식생하는 소나무.
 할머니 소나무와 할아버지 소나무가 마주 서 있다.

꼬르륵

물속으로 가라앉는 유리병의 단말마를
덩달아 뱃속에서도 꼬르륵 따라 한다
본능은 살아있음을 소리로도 표현한다

가라앉은 음료수병 핥아 대던 달콤함을
못내 잊지 못하고 감아 도는 내 혓바닥
배부른 느끼함 뒤로 그 찐한 그리움이여

귀로

빗소리에 단잠을 털고 뒤척이다 나는 봤네
봄바람이 흔들어대는 미루나무 우듬지 끝
아슬한
낡은 둥지로
날아드는
까치
한
쌍

오월, 그 오월

'조국 근대화의 기수'라는 견장을 달고

정부미 푸석한 밥도 맛있게 함께 먹은

광주가 고향인 친구 끝나지 않은 봄방학

실습복 뒤집어 입고 뛰쳐나와 모인 후문

계엄령 군홧발에도 밟히지 않던 덩굴장미

그날도 징허게도 펴 담장 온통 붉었는데

엊저녁 뿌린 비에 덩굴장미 더욱 붉다

고교 시절 사감 쌤 슬리퍼 발자국 소리

아직도 기억하는 몸, 화들짝 잠에서 깬다

해운대 각覺

본능처럼 섬에 올라 떠오르는 해를 본다
수평을 가르고 있는 고깃배의 이른 아침
갈매기 알짱거리며 몇 발짝 앞서 걷는다
엊저녁 숙취가 남아 자꾸 놓치는 오륙도
발목 잡는 모래밭 뒤돌아 발자국을 세다
어느새 흥얼거린다, 돌아와요~ 부산항에~
온갖 사연 오고 갔을 수평선을 바라보며
담담히 하늘과 맞댄 그 깊이나 짚어볼까
무뎌진 객기를 꺼내 던지고 던진 돌팔매
촘촘한 내 발자국들을 쓸고 지우는 파도
한때의 부푼 꿈들이 밀려 쌓이는 해운대
저 멀리 구름을 뚫고 까치놀이 떴다 진다

백일홍

아들 손자 앞세우고 성묘 가는 김 씨 할배

구부정한 논두렁과 밭둑을 건너 타는데

익숙한 할배의 길이 오늘따라 뒤뚱거린다

어머니 살냄새 같은 그 향기에 반해서

산소 앞에 심었다는 두 그루 배롱나무

오롯이 볼 붉힌 꽃이 풍기는 짙은 암내

갈꽃

생각이 많은 날엔 갈대밭을 찾아보라
햇살이 파절된 채 가닥가닥 파고들어
초겨울 나른한 오후 손사래로 반겨주는

수런대다 잠잠해진 갈밭머리 모래톱
강물에 띄워보고 바람에 날려 보내다
무심코 발밑에 싹트는 욕망의 홀씨들

물빛이 깊어지고 바람이 거세질수록
타닥타닥 마르고 속을 비워 야위어야
비로소 가벼워짐을 알고 있는 갈대를

호박꽃

세상에 폈다 지는 꽃들이야 많다지만
송이째 떨구고 가는 그 맘 누가 알까
이 땅의 엄니를 닮아 억척스레 피는 꽃

나도 꽃이라며 앞니 누렇게 활짝 웃다
꽃 진 자리 그렁그렁 이슬로 적셔두고
온 밭에 달항아리를 빚어놓고 가는 꽃

종합병원

호명을 기다리는 외래 진료 대기실 앞

약 냄새 짙게 배인 삐걱이는 낡은 의자

비슷한 증상들끼리 불안하게 앉아 있다

잉크도 마르지 않은 처방전을 들이밀자

약보다 주의사항이 의식주를 옭아맨다

그렇게 매일매일은 절며 절며 저무는데

오늘도 무사했다, 고단한 일상을 살며

수없이 드나드는 질경이 같은 사람들

회전문 밀고 오가는 우리들의 도돌이표

어떤 오후

말복 지나고 나자 고추잠자리는 날고

태풍이 올라온다고 뉴스는 부산하다

마지막 악다구니로 매미는 울어 쌓고

저물어가는 팔월 오후 뙤약볕 아래

내던진 몸둥아리 무시로 흐르는 땀

집집의 실외기들은 쉼 없이 돌아간다

조금만 불편해도 야단법석인 우리들

불타는 열대우림과 녹아내리는 빙하

국지성 혹한과 폭염, 알 바 아니란다

까치

물푸레나무 아스라이 위태로운 집 한 채

천적을 피하기 위해 꼭짓점에 살고 있다

강풍에 맞서는 법을 그는 이미 알았을까

휘청휘청 흔들릴 때면 피할 맘 없었으랴

윤사월 동틀 무렵 솟대 올려 길일을 받아

진통의 아득한 소식 깨워 전하는 것이다

도돌이표

땀은 절대 거짓말을 안 한다는 말을 믿고

바닥이 보이지 않게 한 우물만 파고 팠다

얼마나 파고 팠을까?

돌아보니

제자리다

우포를 가다

경남 창녕 우포문학관 정원을 걷다, 헉!
늪인지 풀밭인지 경계를 지운 개구리밥
초행의 불안한 물목 찰방거리는 논병아리

이젠 제법 익숙해진 정원 미로를 더듬어
문학관에 오르는데 삐걱대는 낡은 계단
여러 번 심호흡해도 마음까지 삐걱거린다

지나온 곳곳 터덕이다 내디디면 헛발였다
언제쯤 단단한 땅을 딛을 수 있는 거냐고
물안개 촉촉한 굴레, 우포에서 길을 묻다

밀대장석

심은 지 얼마 안 된 고구마밭을 빙 둘러
누렇게 익어가는 호밀밭이 장관이다
밀대를 촘촘히 엮어 짜고픈 장석 있다

풍족한 요즘이야 다이어트 간식이지만
보리바심 끝나면 고구마를 심어야 했다
겨우내 주린 배 채울 유일한 끼니였느니

잘 익은 동치미를 쭉쭉 썰어 손에 들고
한입 가득 베어 물면 달큰한 노란 속살
아비의 밀대장석이 비워내는 허기였다

양대파

대파 양파 쪽파 중에
어떤 파가 맘에 드셔?

쭉쭉 빵빵 뽀얀 대파?
까도 까도 벗는 양파?

양파도
대파도 아녀
쪽팔려서 쪽파 할껴, 난

섭씨 화씨

하늘을 뒤덮으며 먹구름이 몰려온다
눈보라가 춤을 추는
끝도 없는 설원인데
그래도 살아야 한다
남은 우리의 섭씨를 위해

종일 눈이 내려 모든 길을 지우고 있다
역설의 아이러니가
세상을 덮치고 있다
화씨의 내 수은주로는
읽을 수 없는 한파특보

너에게 길을 묻는다

자야

영자 순자 미자 춘자 그리고 금자 씨까지
자야라 부르던 한때의 그리움이 있다
밥상엔 얼씬도 못 하고 부뚜막이 밥상이던

'둘만 낳아 잘 기르자' 표어가 난무하더니
결혼이 부담스럽다 혼밥족이 탄생했다
그때는 상상도 못 한 기절초풍 할 일이다

가슴 한쪽 품고 온 불씨가 살아난 걸까
요즘 들어 자야가 자꾸만 그리워진다
암꿩이 둥지를 틀듯 세상 한켠 품고 있을

자화상

볕 좋은 곳에 터를 잡고
뿌리 내려 살고 싶다

부초같이 떠돌며
디디는 곳곳 허방인데

담담히 발길을 멈추고
곁을 주며 살고 싶다

뜬구름

수렁배미 논두렁을 구름 한 점 건너간다

울 할매 봄을 캐다 광주리째 두고 가신

곰방대 봉초 연기처럼 하늘하늘 건너간다

별 따러 간 아이

북두가 파르르 떨던 우리들의 놀이터

논두렁에 숨은 잔설 단번에 녹였었다

나일론 홑겹바지가 불 먹는 줄 모르고

부지깽이 얻어걸린 늦저녁 먹고 나면

백열등이 대신 신던 구멍 난 양말들아

때 절은 빨간 내복의 까까머리 꼬맹아

잡힐 듯 언덕배기 찬별들은 그대론데

어디서 헛장대로 별을 따고 있는 거냐

너에게 길을 묻는다, 이명 속의 유년아

사마귀

본능을 만지작거리다 뒤척이며 지새는 밤

스스로 알에 갇혀 깨어나지 못하는 나

오늘 밤 꿈속에서나 너를 만날 수 있을까

단 한 번 오르가즘을 위해 초연히 몸을 던져

기꺼이 후대에게 모든 것을 줄 수 있다는

살신의 그 한 수를 배워 껍데기를 깨려 한다

삐비꽃

삐비꽃 하늘거리는 언덕을 오르다 문득
두어 걸음 뒤에서 가만가만 따르는 기척
유난히 수줍음 많아 말 못 건네던 계집애

콧잔등 땀 반짝 빛나는 봄날 나란히 앉아
주전부리 없던 시절 한 움큼씩 뽑아 씹던
그때의 풋풋한 떨림이 손짓하는 유월이네

비트코인

1.

그런 단어부터 들어본 적 없이 살고 있어
연일 떠들어대는 이유는 더욱 모르겠다
홍길동 그가 꿈꿨던 새로운 세상 온 걸까

2.

팔자나 한번 고쳐보려 로또복권 사러 간다
한 주간의 마천루가 허물어지는 일요일
순간에 꽝 돼버리는 사나흘치 막걸리값

3.

일자리가 없어 실업자 수치 경신이란다
고되고 힘든 일은 언제부터 외국인 몫?
가상의 그 불빛 속으로 뛰어드는 부나비

백세시대

링거액이 빠져나가듯 피가 마르고 있다
살다 보면 한두 번 돌부리에 걸린다지만
허
것
참
내딛는 족족
걸리고 자빠진다.

이제는 끝이려니 잊어가며 살고 있는데
한 삼 년 조용히 지나는가 싶었는데
덜커덕
암 진단받은
막냇동생이 얹힌 수술대

호명을 기다리다 고개를 꺾는 대기실에서
자리가 없어 서성이는 백세시대 보호자들
내 피가 다 마르고 나면 환히 웃고 나올까?

풀밭에서

종일 풀밭에 앉아 네 잎 클로버를 찾는다
엉겅퀴에 엉키고 질경 밟히는 질경이
바람이 풀밭을 쓸며 혀를 끌끌 차고 간다

무엇을 해도 꼬인다며 투덜거리고 있는데
벌들이 조롱하듯 이 꽃 저 꽃 널을 뛴다
생각이 달큰해지면 걸음마다 달디달다며

촛불

쓰나미 해일 같이
거리마다 물결친다
구호가 흔들어대는 불안한 길 위에서
우리는 격정의 내일
후대를 걱정한다.

한두 개 불씨로도 파도가 될 수 있다는
파업처럼 펄럭이는 피켓과 깃발들이여
이대로 하얗게 굳어
이 순간을 새기고 싶다

살다 보면
바람 불고 질척이는 날 있었지만
요즘처럼
허방 딛던 기억은 없는 것 같고,
조각난 한 줌 봄 꿈을 촛불 속에 던진다

샘골

엊저녁 막장 드라마 언년이 눈물같이

볼우물 한쪽 곁을 타고 흐른 자국처럼

두어 평 됫박배미를 질척하게 품은 골

아무리 가문다 해도 걱정 하나는 덜고

샘골을 지키고 선 등 굽은 서낭당나무

뜸뜨 듯 몇 채의 집은 며칠째 정물이다

한계령을 넘으며

봄은 봄인데 요즘 봄은 봄이 아닌 것 같고
잿빛 갈기를 바짝 세운 첩첩 능선과 능선
오늘도 비틀거리며 뉘엿뉘엿 오르고 있다

아득한 정상을 따라 부챗살을 펼친 나무
목책이 따로 있나 가쁜 발길 막아서는데
땀 절은 나의 한때가 절뚝이며 앞서간다

몇 능선을 더 올라야 넘을 수 있는 걸까
오르고 넘을수록 가슴은 터질 것 같고
발아래 두고 온 길이 면발처럼 풀려 있다

그 겨울의 기록

언제쯤 동토가 풀려 끊긴 길이 이어질까

배꽃 같은 송이눈이 밤새 쌓인 과수원

경운기 낡은 수레가 폭격 맞은 전차 같다

허물어진 성곽처럼 눈 속에 누운 밭두렁

태풍도 비껴간 망루 주저앉은 원두막엔

삼 년 치 군량미처럼 눈더미가 쌓여 있다

무장도 폭력도 모두 해제된 순백의 골짝

가지마다 삼투압 그 피가 끓어오르는 날

백의를 정갈히 입고 배꽃 환한 봄은 온다

시간 죽이기

커피 향 짙게 배인 카페에 깊숙이 앉아
딱히 약속도 없는 반나절을 보냈는데
여러분 안녕하십니까? 되묻는 아나운서

눈총을 맞기 싫어 아메리카노 시켜놓고
찻잔을 만지작거리며 남은 나절 채운다
아점을 대신한 리필에 출렁거리는 뱃속

몸이 먼저 적응했는지 허기가 사라지자
노을 붉던 창밖에 핼쓱이 밝는 네온등
하루쯤 이리 저무는 것도 괜찮을 일이다

천천天川

겹겹의 산과 하늘이 얼굴을 맞대고 사는

전북 장수군 천천면 와룡 자연휴양림

각시 소 포토존에는 잠겨 사는 달을 보다

'과한 음주는 감시합니다' 라고 쓰인

입간판에 자꾸만 눈이 가는 까닭은

과년한 매점 가시나 넉넉한 미소 탓일까

아니다, 밤마다 달과 골짝이 몰래 만나

수줍게 붉어 맺히는 오미자 저것 좀 봐

농익는 이맘때쯤엔 딱, 내 맘 같은 곳이데

대구 삼미大邱 三美

1. 소방관
'당신들이 계셨기에 봄이 오고 있습니다'
쪽잠으로 버티며 도시락으로 때운 끼니
사십여 밤낮을 달려 봄을 실어 오셨네요

2. 간호사
몸과 마음 접어두고 생각까지 내려놓고
엄마와 딸 앞장서서 경계를 허물었다
볼수록 이마가 예쁜 계급장 같은 밴드

3, 의사
땀으로 범벅이 된 음압병동 맑은 미소
감염의 공포쯤은 사치에 불과했나?
촛불을 흔들어대는 바람목을 막아서다

마추픽추

오후 내내 도랑에서
고기 잡는 아이들

저들도 이맘때면 그런 화두 꺼내 볼까

가을이 깊어가던 날
도랑가에 두고 온
햇살
한 줌을

간다 1

버스가 지나간 뒤
화물차가 지나간다

사람들이 타고 가고 화물이 실려 간다

덩달아 그 끝을 잡고
달려 끌려
가는 하루

간다 2

초저녁 손톱달이 강물을 할퀴고 간다

요강바위 휘휘 돌아
아야 아야 흘러간다

겨울은 매운 거라며
쿨럭쿨럭
절며 간다

청도 반시

비우고 사는 법을 그는 이미 알았을까
잉태의 꿈을 접고 지키는 정절이여!
만지면 톡! 하고 깨질 저 맑은 연등 하나

물 돌고 새싹 돋는 날

비둘기집

등 굽은 팽나무 위에 방 한 칸 얹혀살며
갈피마다 접어놓은 기억을 쪼는 걸까
깃 헤진 고단한 품이 서로 닮은 팽나무

봉창 어릿 터지면 날아들던 왕대밭집
뚝배기 된장찌개에 숟가락 함께 걸고
보리밥 쓱쓱 비벼도 힘줄 돌던 날개여

눈 틔운 우듬지를 솟대 삼아 움켜쥐고
구우우- 울어 쌓는 그 마음 누가 알까
탯줄의 아릿한 봄을 품고 있을 줄이야

깃을 고르다

담장 밑에 모여 앉아 조올다 깃 고르다

고요를 쪼고 깨며 반나절을 달려들며

부리를 곤추세우고 힘을 겨루는 수탉들

소란이 잦아들자 사방에 뒹구는 깃털

본디 저런 모습이 감춰둔 본능 아닐까

저물녘 홰치는 소리 귀를 번쩍 깨운다

칠석물[*]

추적추적 걷다 들른

창이 예쁜 카페 앞

발길 포근히 잡는

비에 젖은 네온 불빛

오늘 밤

그 품에 안겨

사나흘쯤 보채고 싶다.

* 칠석물 : 칠월 칠석에 내리는 비.

벼

잘 익은 하루해가

배를 깔고 누운 들녘

풍년도 시름인 듯

고개를 푹 숙인 채

땡볕에 맞짱을 뜬다

여무는 법을 터득한 듯

밴드를 붙이다

섣달 턱에 걸려 있는 달력의 남은 하루

해마다 이맘때 묵은 먼지 툭툭 털면

뼈대만 앙상히 남은 지난날이 만져진다

자리끼 한 모금에 취기를 털고 일어나

밤새 허방에 지은 마천루를 떠올리듯

용마루 튼튼한 집을 짓고 싶었는지 몰라

이제는 삭아 내려 형체는 알 수 없지만

아직 푸른빛 도는 오래된 버릇 있어

내 벽에 대못을 치고 새 달력을 내건다

겨울 지평에서

뜸뜨 듯 몇 채의 집이 종기처럼 흩어져
반 고흐 밀밭같이 물드는 저녁 지평
목젖을 모로 꺾은 채 허수아비 서 있다

단물 뚝뚝 흘리는 천도복숭아를 닮은
고단히 저무는 매일 저 새로운 찰라
양어깨 이미 비워둔 바람 앞의 목숨이다

붉은 지평을 짚고 호롱처럼 밝는 샛별
겨우내 자란 화두 새만금 지평에 풀고
물 돌고 새싹 돋는 날, 그날을 꼽고 있다

까치집

골짜기에 움츠려 숨은 오솔길을 따라 들면

잔기침 그렁거리는 등 굽은 감나무 아래

문풍지 부옇게 흐린 외딴집 한 채가 있다

매일 안개 속에서 홍시처럼 해가 뜨고

솟대 위 돌려놓은 우듬지 끝 까치밥이

골짜기 초입에 서면 가물가물 마중하는

등잔불 밤새 떨며 꿈자리 뒤숭숭한 날엔

하루 종일 술렁이는 오솔길을 열어둔다

사립문 지긋이 밀고 올 기별조차 없으면서

달력

엉망이 된 화두가 명치끝에 얹힐 때쯤

불쾌히 밀고 올라와 볼에 돋는 뾰두라지

그토록 가위눌리던 지난밤의 증거일까

첫 경험 첫 출발의 두려움 반 설렘 반은

오래전 무뎌진 창, 구멍 난 방패일 뿐

달포쯤 하얗게 앓다 첫 장 속에 갇혀 있다

단골집에서

한 양푼 동태 머리 내장탕에 둘러앉아

목청을 돋우고 있는 하루치 무용담들

비워낸 주전자만큼 이유들이 불콰하다

억지로 몸을 가누고 오줌발을 세우다

막아서는 벽하고 힘겨루기를 하는데

남자가 흘리지 말아야 할 것은 눈물만이 아닙니다?

부르르 몸을 떨다 울컥 씹히는 생손가락

몇 순배 기운 술잔 떴다 지는 손톱달

또 하루 비워내는 것 그것조차 일이데

방패연

우우- 우는 바람 잘도 타며 떠오르다

기우뚱 빙그르르 툭! 하고 끊어진 연

버티다 버둥거리다 시야에서 사라졌다

콧등이 시리도록 찾아 헤매다 본 새 떼

창공에 그려내는 열두 폭 무채색 군무

저렇듯 점들이 모여 장엄할 수 있다니

강둑 우듬지 끝에 연이 찢겨 걸려 있다

스스로 날 수 있다 자신하던 저문 날은

어디쯤 솟았다 끊겨 저리 떨고 있을까

조경수

애초에 터를 잡지 말아야 할 곳이었나
겨우내 손사래 친 그것이 죄명일까
두어 평 반지하 화단 목각이 된 나무여

기지개를 켤 자유 우리에겐 없는 걸까
일조권 병충해 별별 이유 다 좋지만
해마다 봄은 오는데 어쩌란 말이더냐

꺾이고 옭아매는 것까지는 참을 만했다
마음대로 조정당하는 최소한의 삼투압
엊그제 솎아낸 뿌리, 거세당한 자존이여

점묘

봄 산 한 채를 옮겨
걸어두고 보고 싶네

뜬구름 한쪽
산벚꽃
산 꿩 우는 소리까지

민낯의 아련한 능선
두고 온 그 떨림까지

쥐불놀이

생쥐에 불을 붙여 짚 낟가리 다 태우고
대보름 한참 지나도록 혼난 기억 있다
그 해엔 추럼볏단으로 이엉을 엮었었다

겨우내 꼰 새끼로 날줄 씨줄 발을 친 뒤
푹 곯은 잿빛 지붕 금빛 이엉 두르고
용마루 얹어 앉히자 승무의 고깔 같았다

다 닳은 갈퀴로 단정하게 빗질을 시켜
풍파에 맞서 버틸 새끼줄을 당겨 묶자
그 지붕 팽팽했었다, 맞잡은 힘줄였다

스마트폰

'비밀의 문 열쇠는 손안에 있는 게야'

눈꺼풀을 떼자마자 집어 든 스마트폰

그 속을 기웃거리다 손금을 따라간다

바람보다 더 빨리 방죽을 건너 달려

아늑히 무리로 오는 낯익은 목소리들

논배미 개구리처럼 와글와글 정그럽다

눈뜨면 그렇게 모여 땅거미 어스름까지

이제는 몇 뛰노는 또래들이 신기하다

저마다 세상 하나씩 경영하는 오늘에는

봄, 꿈

낮과 밤이 추를 맞춘 춘분의 동틀 무렵

멀리 산등성 아래 흔들리는 불빛 몇 개

할머니 옛날 이야기 속 도깨비 불빛 같다

심술깨나 좋아했다는 우리네 도깨비도

사람들에게 좋은 일 참 많이 했다는데

요즘엔 어디를 가도 그런 소식 통 없다

밤낮이 따로 없는 저 환한 도심 숲속

뿔 달린 방망이로 후려칠 곳 너무 많아

오늘 밤 꿈속에라도 할머니를 만나고 싶다

곡우 즈음에

봄볕 며칠 걸터앉아 환하던 그 웃음들

간밤의 시린 이슬에 우수수 몸을 던져

짧지만 화려한 날들 얼룩져 뒹굴고 있다

빈 가지 불안한 꽃잎 발밑에 마저 던지고

겨우내 뿌리가 벼린 연초록 잎을 틔운다

아직은 찬바람 끝을 저렇게도 속이다니

버리며 사는 법을 그는 이미 아는 걸까

찰나의 화려함쯤이야 훌훌 털어버리고

해마다 보듬어내는 꽃 진 자리 생명이여

가을, 솜리문화예술회관

잎 뒤에 숨겨 키운 봄여름의 기지개를
이제는 당당하게 보여줄 수 있는 걸까
발아래 수북이 쌓인 화려한 한때를 본다

솟대로 올리다 놓은 삭정이를 보듬으며
때론 적막이 깊은 밤도 꼬박 건너가며
나이테 하나하나를 절절하게 새겼었다

너와 나 닮은 날을 사는 것 같기도 해
바람 앞의 깃발이던 낙엽을 주워 들고
다 식은 미열이나마 지난 시간을 만진다

들풀의 시조정신과 들꽃의 서정미학

오종문_시조시인

Ⅰ.

김종빈 시인의 시조가 관심 두는 대상은 "우리 역사의 생채기와 지난 시간에 다가가는 일, 사소하지만 놓치기 일쑤인 일상의 모퉁이를 담아"(『별꽃별곡』, 자전적 시론) 내려는 우리 역사와 시인의 아픈 구석들이다. 힘의 논리에 의해 억눌림 당한 사람들, 빈부 격차의 양극화로 소외된 사람들 그리고 절실한 꿈과 희망을 짓밟는 우리 사회의 일그러진 현상이다. 그는 이 현상을 잘 알면서도 나와는 무관한 듯 일상의 편안함에 안주하면서 숨어버린 우리의 비겁함을, 끈질긴 생명력을 가진 들풀의 시조정신으로 발겨 벗겨 보여준다. 시조가 예쁘거나 아름답거나 슬프거나 기쁘거나 화려하지 않은, 누구나 공감할 수 있는, 쉽게 거부할 수 없는 솔직 담백한 정직한 시조가 가슴을 메이게 한다. 예리한 비수에 베일 것 같은 아픔도, 묵직한 음성으로 전달되는 다정다감함도, 심금을 울리는 촌철살인의 시구도, 온몸을 흥분시키는 격렬한 정열도 그의 시조와는 결이 맞지 않는다. 그러나 그의 시조를 읽으면 3장의 행간에 숨겨둔 시의 의미에 빠지고, 그 뜻에 취하면 감상적으로 될 정도로 편안해진다.

　김종빈의 시조는 한 수 한 수가 아름답게 잘 짜인 문장, 독자를 현혹하는 알쏭달쏭한 상징, 사물 예찬이나 비유적 이미지가 승한 시조의 흐름 속에서 한 빛깔 담담한 목소리로 자신의 시 세계를 구축해 왔다. 지금까지의 흐름인 시조의 묵계와 정형에서 전혀 벗어나지 않고, 낱말 하나하나의 의미와 행 가르기에 이르는 형식 그리고 내용에서도 들풀의 끈질긴 시조정신과 들꽃의 아름다운 서정미학을 보여준다. 이처럼 김종빈 시인의 시조집 『맨홀 속에 나는 산다』의 시학은 들풀의 시조정신과 들꽃의 서정미학으로 집약될 수 있다. 따라서 김종빈 시조 3장에 담긴 의미를 캐고, 그로부터 어떤 시적 공감을 얻는 일은 단순히 시조정신을 찾는 것에 머물지 않고 시조의 꽃을 피워내고 향기를 선사하는 들꽃의 서정미학을 만날 수 있다.

　김종빈 시인의 시조에 나타난 시론 혹은 현실 삶의 궤적이 의미 있는 것으로 받아들여진다면, 그것은 그의 시조를 그렇게 바라보는 필자의 시선이 그곳을 향하고 있기 때문이다. 똑같은 시조를 읽더라도 선호도가 다르고, 미학적 판단에는 옳고 그름이 아닌 개인의 의견이 있을 뿐이다. 필자가 공감할 수 있는 삶과 한 번도 경험 못한 삶을 마주하게 되는 즐거움은 울림과 감동을 안겨주는 그 너머의 삶을 살피는 일이라고 생각되어 김종빈의 시조에 대한 끈을 놓을 수 없어 그 끈을 따라가 본다.

II.

볕 좋은 곳에 터를 잡고
뿌리 내려 살고 싶다

부초같이 떠돌며
디디는 곳곳 허방인데

담담히 발길을 멈추고
곁을 주며 살고 싶다

-「자화상」 전문

가슴이 참으로 먹먹하다. 이 시조를 읽고 있으면 굳이 설명하지 않아도 메시지가 전달된다. 자신이 짊어질 수 있는 무게보다 몇십 배는 더 크고 무거운 삶의 덩어리를 묵묵히 짊어진 모습이 찡하다. 필자의 두 어깨까지 뻐근해지는 느낌이다. 금방이라도 지쳐 주저앉을 것 같은 안쓰러움과 어떻게든 버텨내겠다며 어금니를 앙당 문 다짐이 동시에 전달된다. '당신은 지금 어디를 향해 그리 바삐 가고 있는가?', '당신은 무엇을 위해 살아가며, 당신이 꿈꾸는 행복의 조건은 무엇일까?'라는 물음을 마주한 것 같다. 전쟁 같은 삶의 연속성, 그 안에서 고단한 삶의 무게를 온몸으로 감당할 수밖에 없는 현실은 시인에게 있어 문학은 사치이다. 한 끼 밥도 안 되는 문학을 붙들면서 빠르게 변화하는 벅찬 시대 상황에 마주하고, 어찌할 수 없는 타고난 문학의 한량 끼를 밀쳐내고 맵고 신 생활고를 견뎌내야만 하는 힘든 삶이었기에 이제는 "담담히 발길을 멈추고/곁을 주며 살고 싶"은 것이다. 그는 「자화상」을 통해 "달빛/한 숟가락/별빛/한 젓가락//봄 햇살/한 종지/삿갓구름/한 조각//눈물도/한 찔끔 넣고/한 양푼/비벼"(「하나」) 넣는 삶을 살고 싶다고 말하고 있다. 단순한 그리움이 사랑이 아니듯, 원하는 것을 얻기 위해 아무것도 할 수 없다는 사실이 얼마나 괴로운 것인지, 그리움의 대상이 삶을 배반 못하도록 어떤 노력을 해야 하는지에 관한 생각에까지 이른

다. 우리는 다음 시조를 통해 그 실체를 만날 수 있다.

> 깨지고 부서질수록 맛이 난다는 밀알같이
> 나도 껍질을 벗고 하얗게 부서지고 싶다
> 목메어 눈물에 젖을 한 조각 빵이고 싶다
>
> 흙의 기운을 품고 가루가 되는 감내까지
> 짐작조차 할 수 없는 순백의 살신이여
> 화덕의 불꽃 속으로 몸 던진 너이고 싶다

—「가루가 되어」 전문

"껍질을 벗고 하얗게 부서지"는 밀알의 가루가 되어 "눈물에 젖을 한 조각 빵이" 되기 위해 "화덕의 불꽃 속으로 몸 던진 너이고 싶다"는 강한 의지처럼, 그에게 시조는 삶을 지탱하게 해준 유일한 버팀목이다. 필자를 포함한 모든 사람의 가장 보편적인 바람을 시조 3장에 풀어내고 있다. 밀의 낟알이 되고 가루가 되어 쓰임이 되는 과정을 통해서, 누군가에게는 눈물 젖은 빵과 같은 시를 낳기 위해 불꽃 속에 몸을 던진다. 그리고 새로운 맛으로 태어나는 빵처럼 누군가에게 달콤함을 주는 시조를 쓰고 싶은 것이다. 그렇기에 "글감 하나 잡으려고 십 리"를 걷는 수고를 아끼지 않고, "편두통에 시달리며 머리를 쥐어"(「세레나데」) 짜기도 한다.

이처럼 김종빈 시인의 작품 속에는 시조의 처연한 아름다움 등이 삶의 솔직한 모습에 닿아 있다. 그 솔직한 삶의 모습이 자신의 이야기이면서도 자신의 이야기가 아닌 남의 이야기처럼 그려낸다. 이야기의 주인공이 없는 것을 쓰면 시의 구체성이 떨어지고, 자신만의 이야기를 쓰면 사적인 경지로 떨어지는 경계의 모호함을 잘 극복해내는 그의 역작을 만나보자.

> 얼마나 쫓겨다니다 저곳에 숨어 살까
> 그래도 옹기종기 낯빛 좋은 풀포기들
> 지상의 발길을 피해 맨홀 속에서 산다
>
> 밟히고 뽑히면서도 버텨낸 흰뿌리들이
> 빗물에 쓸려들어 터를 잡은 비좁은 땅
> 이처럼 밟히지 않고 살아온 날 있었나
>
> 궁금한 세상 소식 바람결에나 물어볼까
> 까치발 발돋움하고 빼꼼히 내민 얼굴
> 당당히 고개를 들어 우주를 읽고 있다
>
> ―「맨홀 속에 나는 산다」 전문

표제작이기도 한 이 시조는 매일매일 전쟁 같은 삶을 살아내고 있는 현대인들의 삶을 은유하고 있다. 그렇기에 김종빈 시인에 대한 한 편의 자전적 에세이처럼 읽힌다. 세상에 당당하게 서기 위해 지난하고 힘겨웠던 삶이 고스란히 투영되는 것 같아 더욱 애잔하다. 형편상 숙식이 제공되고 취업이 보장되는 국립 전북기계공고에 진학하면서부터 고향인 충남 안면도를 떠나 타향살이를 하게 되고, 익산에 삶의 뿌리를 내리기까지 주경야독의 삶을 살면서 시인이 되었다. 그리고 시인과 노동자를 오가는 삶을 살고 있다. "얼마나 쫓겨 다니다 저곳에 숨어 살까"에서 알 수 있듯이 시인의 삶으로 은유 되는 들풀의 안전망은 아이러니하게도 온갖 악취가 풍기는 맨홀 안이다. 맨홀 안의 환경은 열악하지만 평화롭고 안전하다. "밟히고 뽑히면서도 버텨낸 흰 뿌리들이" 밟히지 않고 살아갈 수 있는 마지막 안전지대이다. 척박한 삶을 극복해내려는 시인의 의지가 분명하게 드러나고, 가혹한 현실을 풍요로운 웃음꽃으로 피우고자 하는 시인의 마음을 읽을 수 있다. 김종빈은 맨홀 안과 밖의 공간을 통해 스스로 감당할 수밖에 없는 숙명적인 삶과 남을 짓밟고라도 올라서려는 인간의 끝없는 욕망을 묘사한다. 그는 숙명적인 삶의 진실과 욕망의 삶을 맨홀에 뿌리 내린 들풀을 통해 낮은 삶을 묘사해냈다. 하루에도 수백 번씩 고개 드는 욕망의 생각들이 피었다가 지기를 반복하는 과정에서 인생의 여정은 고된 역경과 순간의 낭만이 수없이 교차한다. 그렇기에 그 누구도 인생의 행로를 속단할 수는 없다. 차라리 현재의 삶을 숙명으로 받아들이고, 삶의 무게를 자양분 삼아 의지의 뿌리를 깊게 내리고 줄기를 튼튼하게 기르는 것이 지혜로울 수 있다. 김종빈은 그러한 삶의 자세에 주목한다.

뽑히는 것보다 더 많은 싹을 틔워야만

종속을 지켜낼 수 있다는 본능의 발아

비탈과 구릉이라도 마다할 이유 없어

한 줌 흙만 있다면 악착같이 부여잡고

뽑히고 밟힐수록 뿌리 깊게 내리는 풀

바람에 무늬를 놓고 세상에 날리는 홀씨

−「바람 무늬」 전문

바람에 홀씨가 날려가는 장면을 두고 바람 무늬라 표현한 이 작품도 그 연장선에 있다. "뽑히는 것보다 더 많은 싹을 틔워야만/종속의 지켜낼 수 있다는 본능의 발아"는 종속을 이어가기 위해 "한 줌 흙만 있다면 악착같이 부여잡고//뽑히고 밟힐수록 뿌리 깊게 내"린다고 말한다. 들풀도 살아남기 위해 種의 전쟁을 치르듯 인간도 종을 지키기 위해 치열하게 살아가는 삶의 근원에 대한 철학적 고찰이며 생명의 순환을 일깨우는 화두다. 자신의 인생을 충실히 살아가는 생활력의 표본이다. 김종빈은 개인의 삶에 대한 고민을 넘어 동시대적 감성을 이 작품에 녹여내고 있다. 이제 그는 치열한 삶에서 벗어나 누구나 공감할 수 있는 이야기를 전하고 싶어 한다. 그의 시조에는 그가 표현해내고자 하는 삶의 형식과 재료가 다르지만 결국은 삶의 이야기를 담아내고 있다. 삶에서 느끼는 수백, 수천 가지의 감정들이 시조를 통해 공감대가 형성되기를 고대하면서 거짓이 아닌 진정한 위안과 공감을 주는 시조시인으로 기억되길 갈망한다.

Ⅲ.

현대인은 시대가 급변하면서 사회에 적응하지 못해 낙오되면서 지쳐가고 있다. 치열한 경쟁사회에서 남에게 뒤처지지 않기 위해 자기 계발에 열을 올리고, 불투명한 미래에 대한 걱정의 스트레스와 우울증 때문에 피곤하다. 김종빈 시인 또한 아날로그와 디지털 시대 사이에 낀 세대지만, 디지털로의 진화보다는 아날로그 세대로 남고 싶어 한다. 이래도 괜찮은지 불안해하고 초조해하면서도 고삐가 풀린 욕망의 뒤를 허덕이며 따르기 싫은 것이다. 디지털과 아날로그 기술 간에 벌어지는 전쟁은 기술 간의 전쟁을 떠나서, 보이지 않는 신구 세대 간에 벌어지는 갈등 속에서 무엇을 위해 일하는 것인지조차 모른 채 나는 왜 살아가는가? 하는 시적 지각에 대한 의문이 싹튼다.

   1.

그런 단어부터 들어본 적 없이 살고 있어
연일 떠들어대는 이유는 더욱 모르겠다
홍길동 그가 꿈꿨던 새로운 세상 온 걸까

   2.

팔자나 한번 고쳐보려 로또복권 사러 간다
한 주간의 마천루가 허물어지는 일요일
순간에 꽝 돼버리는 사나흘치 막걸리값

   3.

일자리가 없어 실업자 수치 경신이란다
고되고 힘든 일은 언제부터 외국인 몫?
가상의 그 불빛 속으로 뛰어드는 부나비

-「비트코인」 전문

　온라인 디지털 화폐인 비트코인, 최고의 재테크로 주목받는 비트코인의 사전적 의미로는, '정부나 중앙은행, 금융회사의 개입 없이 온라인상에서 개인과 개인이 직접 돈을 주고받을 수 있도록 암호화된 가상자산'을 말한다. 완전한 익명으로 거래되며, 컴퓨터와 인터넷만 되면 누구나 계좌를 개설할 수 있어 범죄·탈세 등에 악용되기도 한다. 4차 문명이 태동하는 현대사회에서 디지털이 필수가 되었지만, 그는 이러한 문명에 낯설어한다. 비트코인이란 "단어부터 들어본 적 없이 살고 있"는 그였기에, 비트코인이 세상을 바꾼다고 떠들썩하니 "홍길동 그가 꿈꿨던 새로운 세상"이 온 것인가 하고 갸우뚱 한번 해보지만, 여전히 비트코인은 먼 나라 이야기다. 그래서 몸에 가장 익숙한 아날로그 풍으로 "팔자나 한번 고쳐보려 로또복권"을 사고 일주일 동안 행복감에 젖기도 한다. 그리고 그 행복감의 마천루가 무너지는 순간 "사나흘치 막걸리값"이 날아갔다는 말의 이면에는 소박하고 행복한 웃음이 보인다. 실업률은 날마다 수치를 경신하는데도 "고되고 힘든 일은" 멀리하고, 쉽게 돈을 벌기 위해 "가상의 그 불빛 속으로 뛰어드는 부나비"처럼 인간의 욕망은 갈수록 "더 많이!"를 외친다고 자조 섞인 속마음을 표출한다. 이처럼 현대사회가 4차원의 세계 속으로 블랙홀처럼 빨려 들어가고 있지만, 시인은 이 세상이 항상 정반합의 원리로 존재한다고 믿는다. 그렇기에 그의 시선은 '자본주의에 물든 현대사회'를 비판하고, 역사의 아픈 이면을 들춰내 치유하기도 한다.

한 집안의 내력과 가족사를 언급한 「탑을 쌓다」, 코로나19 팬데믹 상황에서 이뤄지는 비대면 낯선 수업을 두고 "온종일 재잘거리던 교실마다 조용"하다면서 "오늘도 난생처음 인터넷 수업을 듣"(「2020년 봄학기」)는 새로운 학습 풍경을 그려낸다. 또 「묵묵한 백신」에서는 검증되지 않는 백신의 효능을 두고 "태극기와 성조기가/나부끼는" 광화문 집회 현장의 풍경을 보면서 서로 불신하는 아픈 현실을 치료할 수 있는 명약은 없느냐며 반문한다. 그리고 5·18 민중 항쟁의 아픈 역사를 상기시키는 「오월, 그 오월」, 전 세계가 이상기후로 인한 폭염·폭우·폭풍·한파 등을 비롯해 가뭄과 산불 등 인류가 위기에 처한 기후 환경의 심각성을 다룬 「어떤 오후」와 「섭씨 화씨」, "쓰나미 해일 같이/거리마다 물결"치는 "한두 개 불씨로도 파도가 될 수 있다는" 희망을 위해 "조각난 한 줌 봄 꿈을 촛불 속에 던"(「촛불」)지기도 한다. 「소 밥 풀」에서는 호밀풀 이탈리안 라이그라스를 점령군 군단이라 표현하고, 개망초를 두고는 "북미에서 이주당해 악착같이 일궈낸 평화"라면서 토종을 몰아낸 종으로, "굳건한 동맹국이라며 자칭 타칭 몰려온/소 밥 풀 유럽연합의 무자비한 인해전술"로 표현하면서 생태계 교란종에 대한 경각심을 높이고, "몇 겹이 지난다 해도 잊"(「신항의 눈물」)을 수 없는 세월호 참사를 소환해 자기 몸보다 몇십 배는 더 큰 삶의 덩어리를 묵묵히 짊어지기도 한다.

김종빈 시인은 한 시대를 가로지르는 이슈들이 역사를 바꾸고 세상을 지배하고 내 일상의 삶까지를 온통 지배할 것처럼 보이지만, 역사의 가는 길은 방해하지는 못한다고 믿고 있다. 어떤 외압이나 권력에 의해 혹은 힘의 논리에 사람들 마음이 잠시 움츠러들 수는 있지만 여전히 사람들의 마음은 열려 있다고 믿는다. 어떤 시인은 현실의 고통을 이기지 못해 아픈 비명을 지르고, 어떤 시인은 상황을 반전시켜 그 현실을 뒤집어보고자 한다. 또 어떤 시인은 시를 통해 왜곡된 세계를 냉정하게 비판하고, 어떤 시인은 온몸으로 힘겹게 껴안으려고 한다. 이 모든 방법은 각자 삶의 방식에 따른 것이지만, 모두 열린 마음들 속에서 울려나오는 반응들이다. 그러나 역사에 가한 세상의 폭력은 아프지만 사랑은 따뜻하다. 이 세상이 사랑만이 넘쳐나는 것은 아니지만, 넘치는 그 사랑만큼 폭력이 범람하는 것 또한 현실이다. 그런데 아이러니하게도 그 자리에 시가 있으며, 그 자리에 시가 있기에 사랑이 있다. 시는 언제나 사랑이어야 하기에 아프고 힘든 세상을 구원할 시의 지평을 꿈꾼다.

IV.

흐르는 물은 우리에게 묻는다. 빛을 반짝이며 흘러가는 물결처럼 과거와 현재라는 역사의 흐름 속에서, 즉 유년의 기억과 현

실의 존재 사이에서 당신은 어떤 모습이고 무엇을 향해 나아가
고 있는 것이냐고 묻는다.

> 물길을 막아서면 다른 물길이 생긴다는
> 그 단순한 진리를 오늘 새로 깨닫는다
> 지상에 반흘림체로 물길이 트이고 있다
>
> 저 물길 따라가면 가 닿을 수 있을까
> 바다로 가기 위한 긴 여정의 절정 뒤
> 스스로 구름이 되어 품고 있던 그 이슬

―「환치를 꿈꾸다」 전문

그렇다. 김종빈 시인은 "물길을 막아서면 다른 물길이 생긴다
는/그 단순한 진리를 오늘 새로 깨닫는다"면서 트인 물길을 따
라가면 바다에 "가 닿을 수 있을까"하고 반문한다. 아니 물길이
바다로 가기 위해서는 구름이 되어 비를 품어야 하고, 세상과 정
면으로 맞서면 부서지기에 물처럼 모든 것을 껴안고 흘러야 한
다고 말한다. 그러기 위해서는 마음이 각지지 않고 둥글어져야
한다면서 "흐르다 막히면 기다렸다 넘으면 " 된다고 말한다. 설
사 "넌지시 몸을 섞고도 벽 아닌 벽"(「물, 그 습성에 관하여」) 앞
에서 "밤새 허방에 지은 마천루를 떠올리듯//용마루 튼튼한 집
을 짓고 싶"(「밴드를 붙이다」)어 "바람에 맞서 도리질 치며/묵언
의 화두 하나 던져놓고 답을 묻"(「강아지풀」)기도 하고, "언제쯤
단단한 땅을 딛을 수 있는 거냐"(「우포를 가다」)며 길을 묻지만,
결국에는 "사는 게 별것 있더냐"며 "맞배지기 한판"(「씨름의 기
술」)이라며 삶과 문학의 길에 대해 정의한다.

그렇기에 한 시인의 이름이 문단에 드높아 많은 시인과 독자

들에게 회자된다고 해서, 즉 좋은 평판을 듣는다고 해서 그 시인의 작품이 정말로 진실한 문학이라는 것은 아무런 의미가 없다. 시 속에 내재한 시인의 삶에 대해 많은 이들이 공감하는 삶이야말로 좋은 시이다. 그 시조가 바로 「호박꽃」이다. 이 시조는 인간과 자연과의 교류를 통해 이루어지는 서정성이 아니라 우리의 아픈 삶에 대한 통절한 의식과 매개된다.

세상에 폈다 지는 꽃들이야 많다지만
송이째 떨구고 가는 그 맘 누가 알까
이 땅의 엄니를 닮아 억척스레 피는 꽃

나도 꽃이라며 앞니 누렇게 활짝 웃다
꽃 진 자리 그렁그렁 이슬로 적셔두고
온 밭에 달항아리를 빚어놓고 가는 꽃

—「호박꽃」 전문

이 호박꽃이 주는 울컥함의 정체는 뭘까. 가슴이 뻐근해지며 눈물이 날 것 같다. 시인은 "세상에 폈다 지는" 많은 꽃 중에서 "송이째 떨구고 가는" 호박꽃, 가장 서정적이고 친숙하게 느껴지는 호박꽃을 통해 자연을 읽어내고, 그 자연에 기대어 산 어머니를 소환하면서 노란 색채감을 통해 싱싱하고 강인했던 생명력을 표현한다. 호박꽃은 투박하지만 수수하고 꾸밈없고 순수하다. 그 어떤 화가도 이처럼 풍부한 노란색을 보여주거나 만들 수 없다. 무엇보다 호박꽃이 활짝 핀 모습이 나팔과 같아 마치 나팔수가 되어 세상을 향해 뭔가 큰 소리로 말하는 것 같기도 하다. 아니 "억척스레" 뻗어가는 힘찬 호박 줄기의 푸르름 속에서 몸뻬 차림에 늘 분주하던 어머니 모습, 잠시도 쉬는 법 없이 온

종일 들과 밭으로 헤집고 다니는 부지런함을 읽는다. "나도 꽃이라며 앞니 누렇게 활짝 웃"으면서 크고 화려한 꽃을 피워 벌과 나비를 불러 배불리 먹이는 그 이타심을 읽는다. 그러고도 모자라 "온 밭에 달항아리를 빚어놓"는, 보기만 해도 탐스러운 호박을 아낌없이 내어준다. 시인은 '호박처럼 세상을 둥글둥글 살아가기 위해 봄부터 여름을 지나 가을, 겨울에 이르기까지 비워내고 또 비워내는 삶을 살고자 한다.

생각이 많은 날엔 갈대밭을 찾아보라
햇살이 파절된 채 가닥가닥 파고들어
초겨울 나른한 오후 손사래로 반겨주는

수런대다 잠잠해진 갈밭머리 모래톱
강물에 띄워보고 바람에 날려보내다
무심코 발밑에 싹트는 욕망의 홀씨들

물빛이 깊어지고 바람이 거세질수록
타닥타닥 마르고 속을 비워 야위어야
비로소 가벼워짐을 알고 있는 갈대를

―「갈꽃」 전문

비우고 사는 법을 그는 이미 알았을까
잉태의 꿈을 접고 지키는 정절이여!
만지면 톡! 하고 깨질 저 맑은 연등 하나

―「청도 반시」 전문

김종빈 시인은 「갈꽃」과 단시조 「청도 반시」를 통해 풀꽃의 서정미학을 피워낸다. 그에게 시조는 그 자체로 구원의 빛이지만, 더 중요한 것은 시조를 쓰고 그 시조를 읽는 사람들에게 시조의 진정한 멋을 보여준다. "생각이 많은 날엔 갈대밭을 찾아보라"에서 "물빛이 깊어지고 바람이 거세질수록/타닥타닥 마르고 속을 비워 야위어야/비로소 가벼워짐을" 안다는 감동의 서사를 독자들에게 선사한다. 그리고 「청도 반시」에서는 "만지면톡! 하고 깨질 저 맑은 연등 하나"의 이미지를 끌어낸다. 이처럼 시는 감동을 전달 기능으로 하기에 감동 요소가 결핍되면 시로서는 실패작이다. 사람을 감동하게 하는 일차적 정서는 희로애락오욕애喜怒哀樂惡慾愛로, 이 감정을 바탕으로 쓴 서정시가 감동 요소가 된다는 사실을 그는 잘 안다. 서정의 바탕에 지성의 아름다움이 결합되어야 차원 높은 시조가 탄생한다는 것을 잘알고, 그것이 현대시조의 방향이라는 것을 잘 이해하고 그 길을 가고 있다.

V.

김종빈 시인은 1991년 《전북도민일보》 신춘문예에 시가 당선되면서 시인의 길을 걸었다. 2004년 〈시조문학〉을 통해 시조단에 발을 들인 후 시조집 『냉이꽃』(2010), 『몽당빗자루』(2013)와 현대시조선 『별꽃별곡』(2019) 등 세 권의 시조집을 발간했다. 그리고 '제3회 시조시학 젊은시인상'(2009)과 '제4회 이호우시조문학상 신인상'(2010)을 수상했다. 현재는 전북시조시인협회 회장, 가람기념사업회 사무국장 등 시조단의 중진으로 활동하고 있다.

그는 우리네 삶을 진솔하고 푸근한 시어로 시조 그릇에 담아낸 시인이다. 그 그릇에는 생생한 노동 현장의 노동자로서의 애환과 고향에 대한 그리움부터 어머니에 대한 애틋함을 담아내

그의 삶 전체가 간결하지만 깊이 있게 담아내고 있다는 평을 들어 왔다. 그리고 이번 시조집 『맨홀 속에 나는 산다』에서는 우리 시대의 인간 풍정을 다채롭게 연출하는 시인으로, 자신의 시선에 포착된 인간 풍정들을 응시와 투사의 미학으로 조리해 우리에게 정신적 양식을 공급하고, 자신과 주변의 사람들의 삶을 돌아보게 한다는 평을 듣는다. 내게 소중하고 아름답게 생각되는 것은, 시인 스스로가 진리의 구도자로서의 길 못지않게 자기 자신 진리의 일부임을 깨닫는 길이다. 이 존재 위에서 인간은 새롭게 창조되고 성장하듯이 정신적으로 새로워질 수 있다. 새로운 발견은 그 자신이 새로워질 때 더욱 분명하게 이루어질 수 있기에, 자신이 입은 상처에 매달리지 않고, 많은 다른 상처를 보듬어주는 모습으로 바뀌어 갈 것이다.

이제 시조 등단 20여 년이 되어 가는 김종빈 시인이 가야 할 길은, 삶의 과정에 일어나는, 그 안에 얽혀 있는 무명의 이미지들을 시조 그릇에 담아내면서 그 근원과 본질을 찾아가는 길일 것이다. 삶 속에서 얻어진 언어의 집합과 재구성을 통해 시어의 나열을 가지 치듯 솎아내면서 자신의 정체성과 본질을 형상화하는 작업의 길로 나갈 것이다.